はるの おばけずかん

ようかいクラスがえ

斉藤 洋・作　宮本えつよし・絵

くまでがえし……44
たけのこじいさん……60
ようかいクラスがえ……68

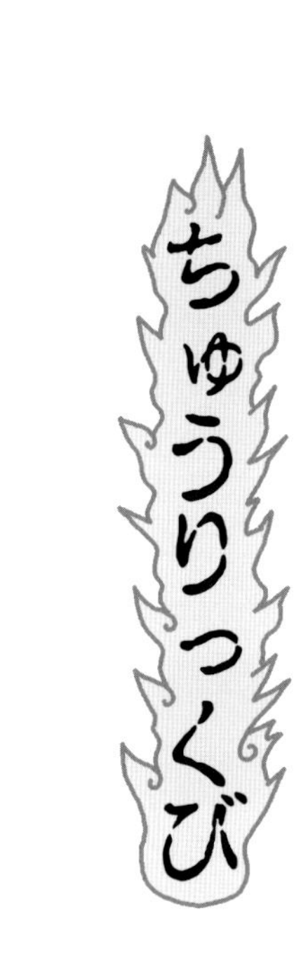

がっこうや　こうえんの　かだんに、くきが
ほかの　チューリップの　三(さん)ばいくらい　ある、
ピンクの　チューリップが　さいて　いたら、
それは　たぶん、ちゅうりっくびと　いう
おばけです。

めずらしいなあ、なんて　おもって、
くきを　つかんで、おろうと　すると……。
くきは　てに　からみつき、にゅんにゅか
のびて、からだに　からみついて　きます。
ふりほどこうと　しても、くきは、けっして
ほどけません。

もがいて　いる　うちに、こんどは　はなが
ほおずりして　きます。
それだけでは　ありません。めしべと
おしべが　やっぱり　にゅんにゅか　のびて、
からだを　くすぐりまくって　くるのです！

くすぐったくて、わらいつづけて　いる
うちに、いつの　まにか、ちゅうりっくびは
いなく　なります。
それだけですから、だいじょうぶ。
せいぜい、からだじゅう　かふんだらけに
なるくらいです。
ちゅうりっくびの　くきを　おろうと
しなければ、さいしょから　だいじょうぶ！

きれいな　ものは、
あぶない　ことが　あるから、
みるだけで、てを　だしちゃ　だめよ。

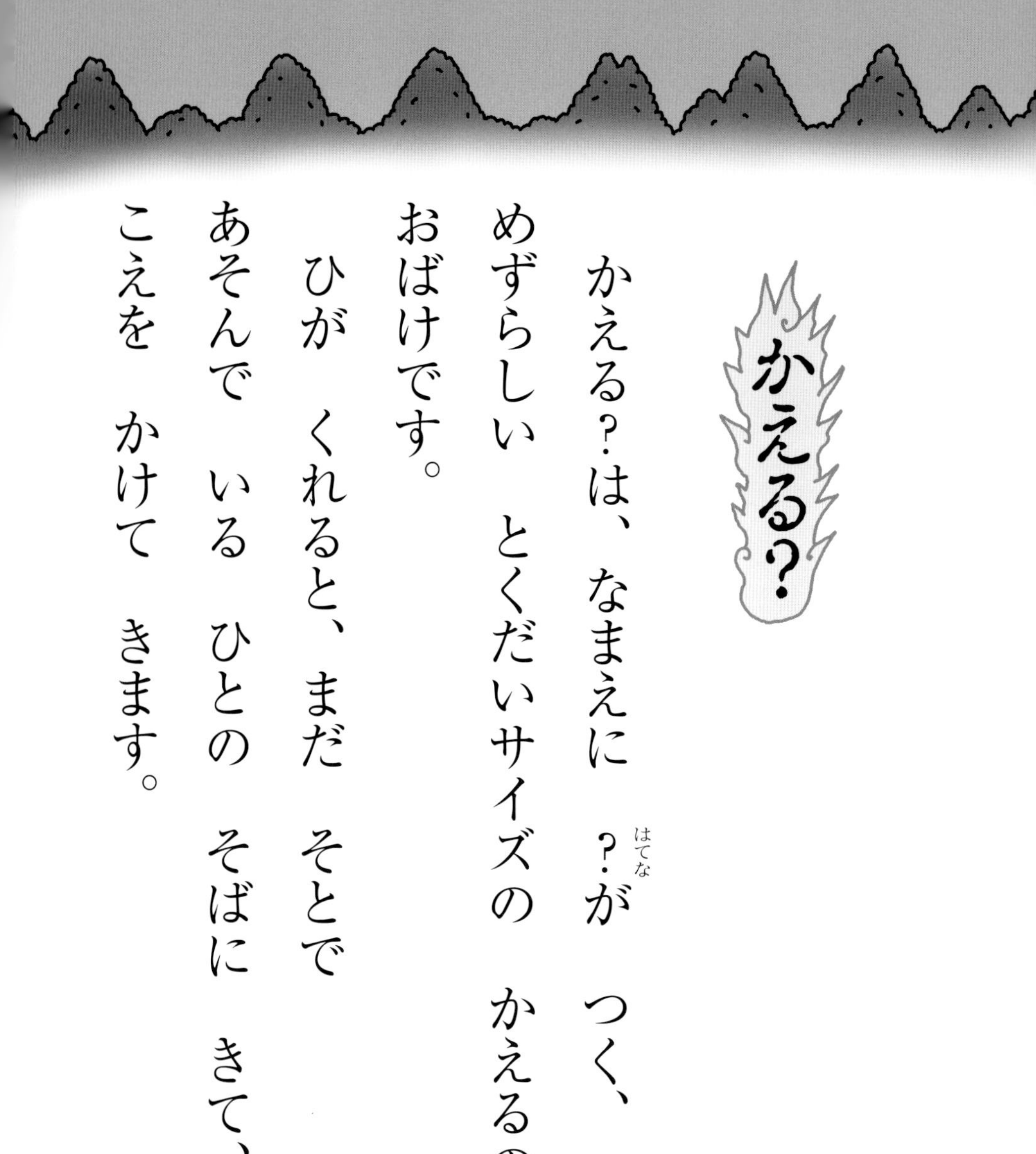

かえる？

かえる？は、なまえに　？（はてな）が　つく、
めずらしい　とくだいサイズの　かえるの
おばけです。
ひが　くれると、まだ　そとで
あそんで　いる　ひとの　そばに　きて、
こえを　かけて　きます。

かえる?

この　とき、
「かえる。」
と　こたえれば、かえる？は　そのひとを
せなかに　のせて、うちまで　おくりとどけて
くれます。
ふしぎな　ことに、かえる？が
とびはねても、せなかから　おちる　ことは
ありません。
だから、のっても　だいじょうぶ！

つきましたよ。
どうも　ありがとう！

でも、
「まだ　かえる　わけ　ないだろ。よるは
これからだ。」
とか　いって、かえろうと　しないと、
かえる？は、
「だったら、二どと　うちには　かえれない！」
と　いって、くちを　おおきく　あけ、
かえろうと　しなかった　ひとの　あたまに
かみついて……。

オバケハウス
クスリ
ラ・メン
ーメ

あたまを　くわえた　まま、ばびょん
ばびょんと　はねて　いき、おおきな
かわや　いけに　ドボンと　とびこみます。
つれさられた　ひとは　二どと
かえる　ことは　ありません。
ひが　くれる　まえに、うちに　かえれば
だいじょうぶ……って　いっても　ねえ。

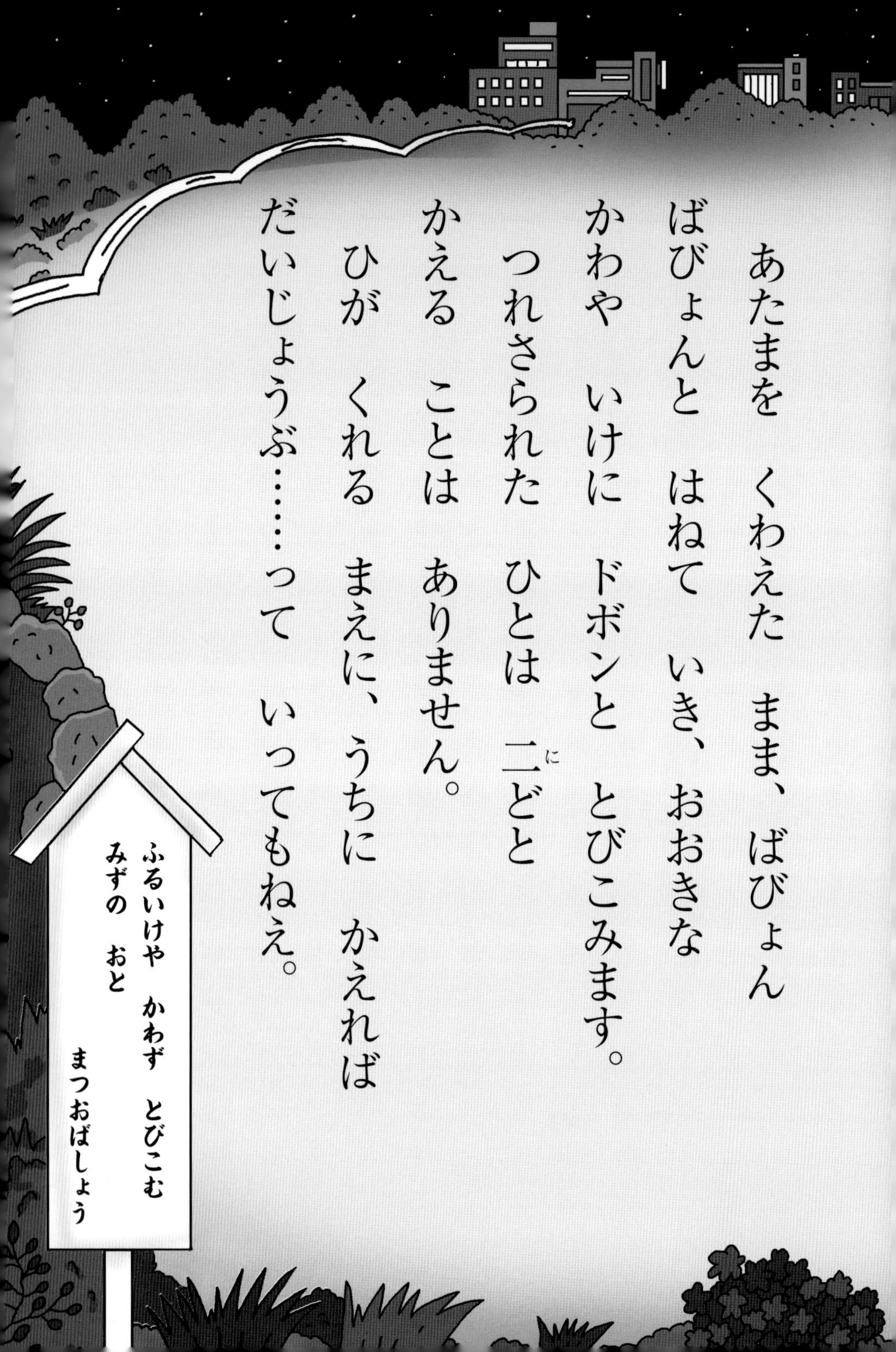

はるいちばんのスプリングコート

はるの　はじまりに　ふく、つよい
みなみかぜを　はるいちばんと　いいます。
また、はるや　あきに　きる、ぬのじの
うすい　コートを　スプリングコート
と　いいます。

ブティック
セール
たこやき

おばけの
はるいちばんのスプリングコートは
はるいちばんに　ふかれ、そらを　とんで
きます。
そして、まちを　あるいて　いる　おんなの
ひとの　まえに、ひらりと　まいおります。

あら。
すてきな　スプリングコート！
もらっちゃえ！

こうばんに　とどけず、じぶんの　ものに
しちゃおうなんて　おもい、そでを　とおした
しゅんかん……。
いきなり　ジャンプ！
びよ～ん！

ブティック
わっ！

じぶんでは、そんな　ことを　しようと
おもわないのに、また　ジャンプ！
からだが　バネみたいに　のびたり
ちぢんだり　して、またまた　ジャンプ！
どんどん　たかく、どんどん　とおくへ、
ジャンプ、ジャンプ、ジャンプ！

名古屋城
なごやじょう

ぬぐまで、ずっと　ジャンプを
しつづけなければ　なりません。
はるいちばんのスプリングコートを
きて　しまった　ひとは、すごく　とおくまで
きて　しまうのです。
こりゃあ、あんまり　だいじょうぶじゃ
ないなあ。

ジャンプを　やめるには、そらから
おりて　きて、じめんに　あしが　つく
しゅんかんを　ねらって、
はるいちばんのスプリングコートを
ぬぐしか　ありません。
たかい　ところで　ぬげば、その　まま
ついらくするからね。

「おばけずかん」の作者・斉藤 洋の最新シリーズ
ふしぎな がっちゃん
ねがいごと ひとつだけ いってみて！
斉藤 洋・作
ふじはら むつみ・絵
ふしぎな がっちゃん ゆめをかなえるカプセル
斉藤 洋・作
ふじはら むつみ・絵
講談社
ふしぎな がっちゃん がっこう なくなれ
斉藤 洋・作
ふじはら むつみ・絵
ふしぎながっちゃん
ゆめをかなえるカプセル
2025年4月発売予定
みんなはなにを おねがいする？
ふしぎながっちゃん
がっこう なくなれ
定価：各1430円（税込）A5判
へんな ところで カプセルトイに であったら、
ゆめを かなえて くれるかも？
KODANSHA

ずかん チェックリスト

シリーズ 200万部とっぱ！

- [ ] おまつりの おばけずかん じんめんわたあめ

- [ ] だいとかいの おばけずかん ゴーストタワー

- [ ] いちねんじゅう おばけずかん ハロウィンかぼちゃん

こうえん

- [ ] こうえんの おばけずかん じんめんかぶとむし

がっこう

- [ ] がっこうの おばけずかん

- [ ] がっこうの おばけずかん ワンデイてんこうせい

- [ ] がっこうの おばけずかん あかずのきょうしつ

- [ ] がっこうの おばけずかん おきざりランドセル

- [ ] がっこうの おばけずかん おばけにゅうがくしき

- [ ] がっこうの おばけずかん おばけいいんかい

- [ ] がっこうの おばけずかん げたげたばこ

- [ ] がっこうの おばけずかん おちこくさま

みんな

- [ ] みんなの おばけずかん みはりんぼう

まち

- [ ] まちの おばけずかん

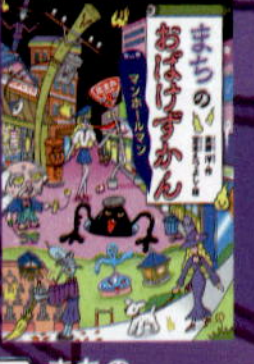

- [ ] まちの おばけずかん マンホールマン

- [ ] まちの おばけずかん おばけコンテスト

オリンピック

- [ ] オリンピックの おばけずかん

- [ ] オリンピックの おばけずかん ピヨヨンぼう

定価：1210～1320円（税込）A5判

もっている「おばけずかん」には✓をいれよう！

□ うみの おばけずかん

□ やまの おばけずかん

□ のりもの おばけずかん

□ どうぶつの おばけずかん

□ しょうがくせいの おばけずかん かくれんぼう

□ えんそくの おばけずかん おいてけバスカイ

□ りょこうの おばけずかん おみやげじいさん

□ テーマパークの おばけずかん メトロコースター

□ いちにちじゅう おばけずかん まよなかの パーティートイレ

□ ふゆの おばけずかん ばつひので

□ はるの おばけずかん ようかいクラスがえ

□ こうえんの おばけずかん おばけどんく

いえ

□ いえの おばけずかん

□ いえの おばけずかん ゆうれいでんわ

□ いえの おばけずかん おばけテレビ

□ いえの おばけずかん ざしきわらし

びょういん

□ びょういんの おばけずかん おばけきゅうきゅうしゃ

□ びょういんの おばけずかん なんでもドクター

□ みんなの おばけずかん あっかんべぇ

□ レストランの おばけずかん だんだんめん

□ レストランの おばけずかん ふらふらフラッペ

□ レストランの おばけずかん むげんナポリタン

ぬいで　しまえば、だいじょうぶ。
はるいちばんのスプリングコートは
どこかに　とんで　いって　しまいます。
きないで、さいしょから　こうばんに
とどければ、はじめから　だいじょうぶ！
はるいちばんのスプリングコートは
はるいちばんが　ふいて　いる　ひにしか
あらわれません。
ほかの　ひは　だいじょうぶ！

KOBAN
講談社交番
これ、そらから　とんで　きたんですけど。
あっ、また　この　コートか。これで、きょう　三どめだ。あずかっても、すぐに　きえちゃうんだよなあ。
※〈スプリング〉と　いう　えいごには、〈はる〉と　いう　いみと、〈はねる〉と　いう　いみが　あります。

おはなみおはな

わかい　イケメンの　おとこの　ひとが
まんかいの　さくらの　きの　したを
とおりかかると、さくらの　がらの
ワンピースを　きた、ものすごすぎる
びじんに　よびとめられる　ことが　あります。
もし、それが　おはなみおはなだったら……。

わたしと　ふたりきりで、
おはなみを　しませんこと？

おとこの　ひとが、
「もちろん、します！」
なんて　こたえた　しゅんかん、
ものすごすぎる　はなふぶき！
うずを　まく　ものすごすぎる　かずの
さくらの　はなびらで、さくらの　きも、
びじんも　みえなく　なります。

わーっ！　なにも　みえない！

はなふぶきが　やんだ　とき、さくらの
きの　したに　いるのは、おなかが　ふくれた
おはなみおはなだけ。
おとこの　ひとは、たぶん
おはなみおはなの　おなかの　なかでしょう。
そう　ならない　ためには、どう　したら
いいのでしょう？

ごちそうさま。
はなより　イケメン！

おはなみおはなの　さそいに　のらず、
「けっこうです。ぼくから　はなれて！
あなたとは、おはなししません。」
とか　いって、ことわれば　だいじょうぶ。

いそがしいので、
これで　しつれいします。
ちぇっ。

おはなみおはなは、おんなの　ひとや
こども、それから、おとこの　ひとでも、
わかく　なかったり、イケメンで　なければ、
けっして　こえを　かけて　きません。
だから、だいじょうぶ！
わかくも　なく、イケメンでも　なければ、
だいじょうぶすぎます。

おめえに　ようは　ねえ。
とっとと　かえって、
かがみで、じぶんの　はなでも
みて　いやがれ！
よい　こは、ああいう　らんぼうな
ことばづかいを　しちゃ　だめよ！

くまでがえし

はるは　しおひがりの　きせつです。
しおひがりには、ちいさな　くまでを
つかいますが、つかって　いる　うちに
なくなって　しまう　ことも　あります。

しおひがり
いま、ここに　おいた　くまでが
ないんだけど、しらないか?

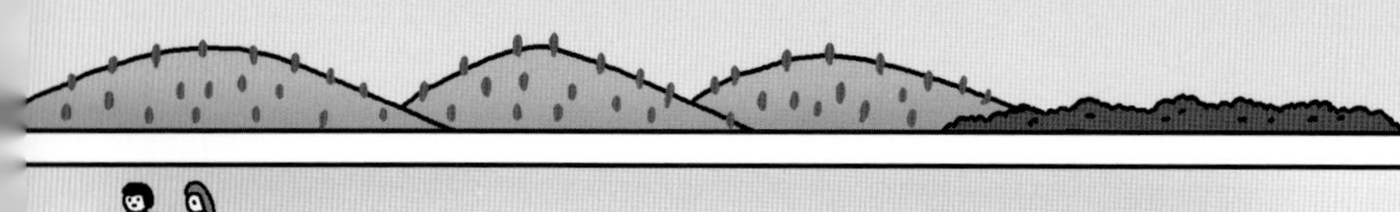

そういう　とき、すなの　なかから、かおが
おおきな　ハマグリで、あまさんの　しろい
ふくを　きた　おばけが　あらわれたら、
それは　くまでがえしです。
くまでがえしは　きんの　くまでを
ふところから　だして、たずねて　きます。

あんたが　なくしたのは、
この　きんの　くまでかい？

このときときもし、
「そうです。」
とこたえると、こたえたひとは、たちまち
サザエになり、くまでがえしのこしの
あみぶくろにいれられてしまいます。
もし、
「ちがいます。」
とこたえれば、くまでがえしは
ふところにきんのくまでをしまって……、

かわりに　ぎんの　くまでを　だし、
「じゃあ、この　ぎんの　くまでかい？」
と　きいて　きます。
それで、
「そうです。」
と　こたえると、その　ひとは、その　ばで
アサリに　なって、くまでがえしの　こしの
あみぶくろに　いれられて　しまうのです。

「ちがいます。」
と　こたえると、くまでがえしは、ぎんの
くまでを　しまい、なくした　くまでを
ふところから　だして、きいて　きます。
「それじゃあ、あんたが　なくしたのは、
この　やすっぽい　どうでも　いいような
くまでかい？」

それ、それ。それです。

しょうじきに　そう　こたえると、
くまでがえしは　くまでを　かえし、
「フレー、フレー、しおひがり！　ふれ、ふれ、
アサリ、ハマグリ！」
と　さけんで　きえて　しまいます。
すると、つぎの　しゅんかん……。

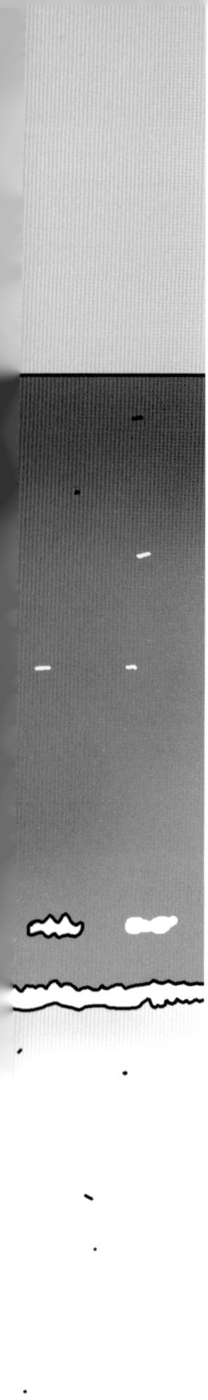

ものすごい　かずの　アサリや
ハマグリが　そらから　ふって　きます。
それが　あたまや　からだに　あたって、
いたいやら、たくさん　かいが　とれて、
うれしいやらで、もう　たいへん。
だから、しょうじきに　こたえれば、
ちょっと　いたいけれど、だいじょうぶ！

でも、なくした　じぶんの　くまでを
だされて、
「ちがいます。」
と　こたえたら？
くまでがえしは　きえ、そらからは　なにも
ふって　こないし、なくした　くまでは
かえって　きません。
あらかじめ　ごりょうしょうください。

いまの　だれ？
そんな　こと、しるもんかい！

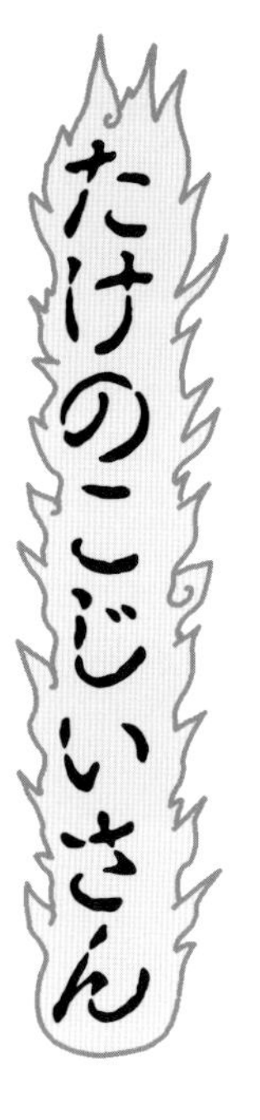

たけのこじいさん

はるの　あさ　はやく、たけばやしから
こみちに、かごを　しょって、くわを
かついだ　おじいさんが　とびだして　きたら、
それは　たけのこじいさんかも　しれません。

この　たけのこは　たけのこーっ！

「たけのこは　たけのこ」なんて、
あたりまえじゃ　ないかと　おもいますが、
その　あと、たけのこじいさんは、
「この　たけの　こどもは、たけのこじゃ、
と　いう　いみじゃ！　わかったか？　わしは
たけのこじいさんじゃ。」
と　いってから、もんだいを　だして　きます。

『じいさん』のように、『じ』で　はじまって、『ん』で　おわる　ことばを三びょういないに、三つ　いうのじゃ！

三つ（みっつ）　いえれば、たけのこじいさんは、
たけのこを　かごから　だして　三つ（みっつ）
くれます。
ふたつ　いえれば、たけのこを　ふたつ、
ひとつ　いえれば、ひとつ　くれます。
でも、ひとつも　いえないと……。

じかん、じめん、じまん！
すばらしい！

もちろん、ひとつも　くれません。
たけのこじいさんは、さけびながら、
どこかに　はしって　いって　しまいます。
その　とき、こたえを　おもいつき、
たけのこじいさんを　おいかけても、
おいつきません。
それだけの　ことだから、だいじょうぶ！

この　たけの　こは　たけのこーっ！

ようかいクラスがえ

一がっきの　しぎょうしきの　ひ、はやく
がっこうに　いくと、げたばこの　まえで、
ようかいクラスがえの　ふくびきを
やって　いる　ことが　あります。

しんがっきの　うんだめし！
ふくびきで、じぶんの　クラスを
あてましょう！

ふくびきで　クラスが　きまるなんて　いう
ことは　ある　はず　ないのに、
よく　かんがえも　しないで
ガラガラを　まわすと……。
ガラガラポン！
でて　きた　たまは　きんいろ！

カラン　コロン
おおあたり！　とくとうよ。
すてきな　クラスだから、
はやく　いってね！　四かいよ。

「すてきな　クラスだって。よかったーっ！」
なんて　よろこびいさみ、四かいまで
かいだんを　かけのぼると……。
　ありました！
　クラスの　なまえも　たしかめず、なかも
みないで、あいて　いる　ドアから　とびこむと、
ひとりでに　ドアが　しまって……。

ようかいクラス

それで、どう　なるのかって？
さあ、わかりませんねえ。なにしろ、
はいったきりで、いままで　でて　きた
ひとは　ひとりも　いないのですから……。

ここに　いる　おばけの　なまえを
ぜんぶ　いえますか？
いえれば、あなたは
がっこうのおばけはかせです。

こたえは78ページをみてね

けれども、たまの　いろで、おおあたりだと
おもいこまず、きょうしつの　ドアの　うえに
かかって　いる　プレートの　じを　よく
よんで、きょうしつの　なかを　よく
たしかめれば、どんな　クラスか
わかった　はずです。
　よく　よみ、よく　たしかめて、
よく　かんがえれば、だいじょうぶ！

ふくびきなんかで、クラスが
きまる　わけ　ないでしょ！　どうせ、
あなたたち、おばけでしょ。
おばけずかんを　よんで　いれば、
そんな　こと、すぐ　わかるんだからね！
バイバイ

作者・斉藤 洋
〔さいとうひろし〕

おもな作品に、「ペンギン」シリーズ、『ルドルフとイッパイアッテナ』。おばけがでるのはなつだけではありません。はるにもでるからごようじん！

画家・宮本えつよし
〔みやもとえつよし〕

おもな作品に、「キャベたまたんてい」シリーズなど。はるにはももいろに、ふゆにはしろく、みどりにもあかにもなるわたしたちはにほんというへんしんおばけにすんでいます。

シリーズ装丁・田名網敬一(たなあみけいいち)

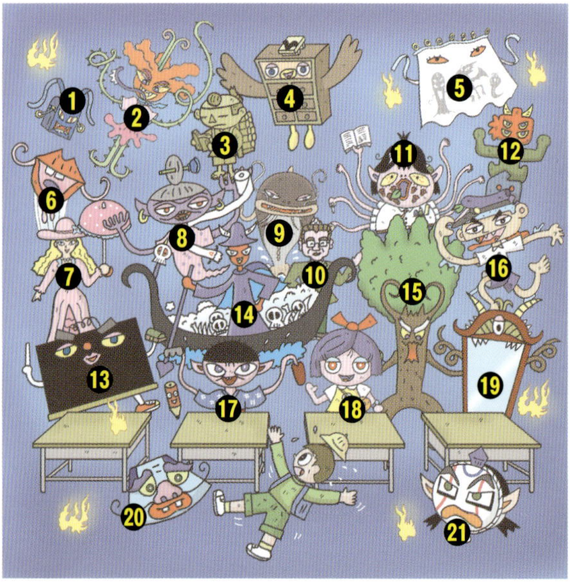

74-75ページのこたえ

1. おきざりランドセル
2. かだんのローザさん
3. こうていのにのみやきんじろう
4. げたげたばこ
5. あかずのきょうしつ
6. ゆうれいアナウンサー
7. ずこうしつのカトリーヌ
8. むらさきばばあ
9. よなかなまず
10. あいさつせんかい
11. えいえんじっしゅうせい
12. まよなかのおばけもじ
13. ブラックボード・ジョン
14. あのよプール
15. しんしゅつきぼつ
16. みつめの六(ろく)ねんせい
17. すなばっこ
18. おちこくさま
19. おどりばのかがみおばけ
20. まどからじー
21. つくえくび

どうわがいっぱい155

はるのおばけずかん
ようかいクラスがえ

2025年3月25日　第1刷発行

作者　斉藤　洋（さいとう　ひろし）
画家　宮本えつよし（みやもと）

発行者　安永尚人
発行所　株式会社 講談社
〒112-8001 東京都文京区音羽2-12-21
電話　編集　03（5395）3535
　　　販売　03（5395）3625
　　　業務　03（5395）3615
N.D.C.913　78p　22cm
印刷所　株式会社 精興社
製本所　島田製本株式会社
本文データ作成　脇田明日香

ISBN978-4-06-538096-3

おばけずかん シリーズ 200万部突破記念

よのなかには、こわ～い　おばけが　いっぱい。
でも、こわくても　にんきの　ある　おばけも　いるよ。
だい２かい　人気とうひょうで　みごと　**ベスト６**に　えらばれたのは
この　おばけたちだ！

1 トイレのはなこさん

夏には　わたしが　しゅやくの
『おばけたんてい
トイレの花子さん』が　でるよ。
ぜったい　よんでね。

（がっこうのおばけずかん）

2 ざしきわらし

（いえのおばけずかん
ざしきわらし）

3 よあけだまし

（いちにちじゅうおばけずかん
まよなかのパーティートイレ）

4 ワンデイてんこうせい

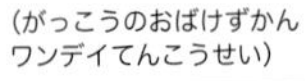

（がっこうのおばけずかん
ワンデイてんこうせい）

5 ねぼけまねき

（いちにちじゅうおばけずかん
まよなかのパーティートイレ）

6

（レストランのおばけずかん
むげんナポリタン）

（がっこうのおばけずかん
おちこくさま）

（おまつりのおばけずかん
じんめんわたあめ）

（いちにちじゅうおばけずかん
まよなかのパーティートイレ）

（レストランのおばけずかん
ふらふらフラッペ）

（いちにちじゅうおばけずかん
まよなかのパーティートイレ）

このランキングは、『うみのおばけずかん』から『いちにちじゅうおばけずかん　まよなかのパーティートイレ』まで38作の「おばけずかん」シリーズに登場したおばけを、読者の人気投票順に並べたものです。
（投票期間：2024年８月１日～９月30日）

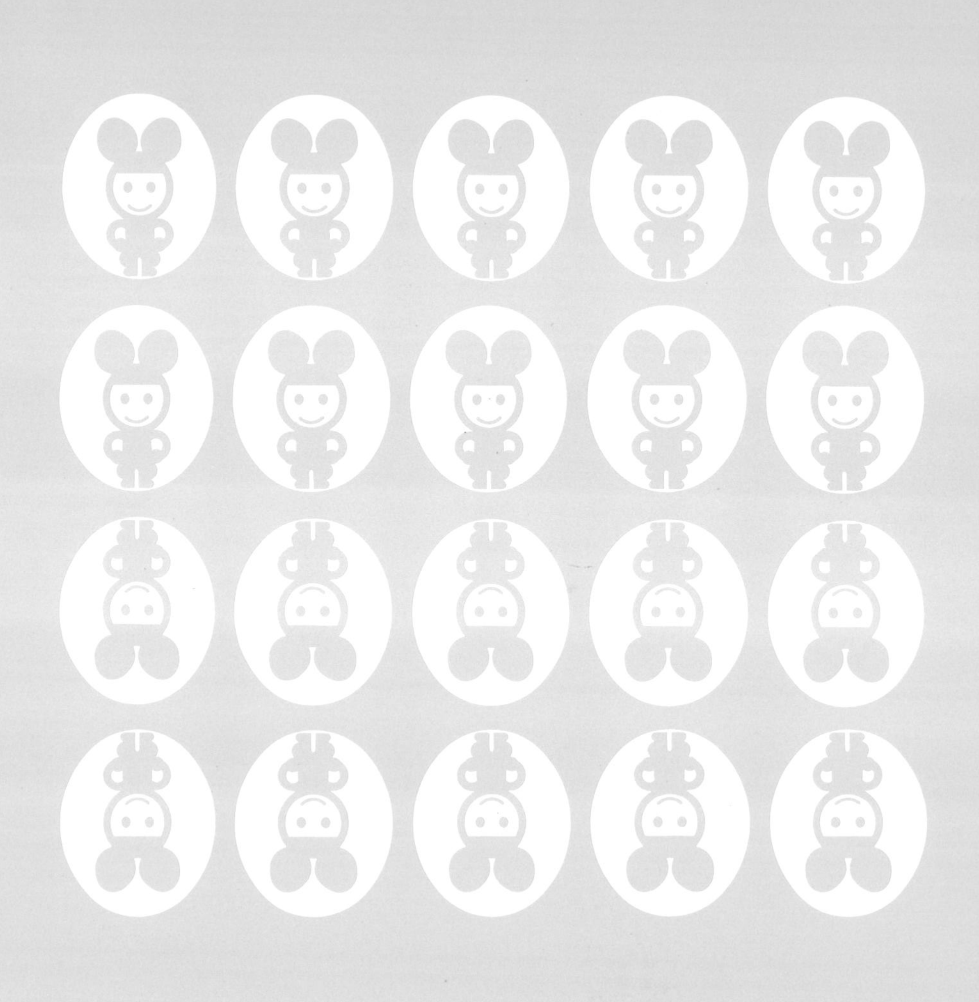